소나기를 머금었던 입맛

소나기를 머금었던 입맛

싱겁고 밍밍해져 버린 삶에 전하는 공감과 위로

초 판 1쇄 2024년 10월 25일

지은이 웅필
펴낸이 류종렬

펴낸곳 미다스북스
본부장 임종익
편집장 이다경, 김가영
디자인 윤가희, 임인영
책임진행 김요섭, 이예나, 안채원, 김은진, 장민주

등록 2001년 3월 21일 제2001-000040호
주소 서울시 마포구 양화로 133 서교타워 711호
전화 02) 322-7802~3
팩스 02) 6007-1845
블로그 http://blog.naver.com/midasbooks
전자주소 midasbooks@hanmail.net
페이스북 https://www.facebook.com/midasbooks425
인스타그램 https://www.instagram.com/midasbooks

ⓒ 웅필, 미다스북스 2024, *Printed in Korea*.

ISBN 979-11-6910-881-2 03810

값 17,500원

미다스북스는 다음세대에게 필요한 지혜와 교양을 생각합니다.

소나기를 머금었던 입맛

싱겁고 밍밍해져 버린 삶에 전하는 공감과 위로

웅 필

미다스북스

입맛을 돋우기 전

장마가 오면 반지하 단칸방에는 벽을 타고 빗물이 샜습니다. 벽지는 서서히 젖었고, 장판 밑에서는 축축함이 차올랐습니다. 엄마의 울음소리에 잠에서 깬 아이는 익숙하다는 듯 쓰레받기로 방바닥의 빗물을 모아 내기 시작. 조금 전까지 수건이었던 것들은 이내 걸레가 되었습니다.

그렇게 밤을 꼬박 새우고 학교에 갔습니다. 중학교와 고등학교를 다닐 적에도 크게 나아진 건 없었습니다. 한창 클 나이에 먹고 싶은 것이 많았지만, 참는 게 너무 당연한 장남이었습니다. 딱히 입맛이랄 것도 없이 허기만 채우기 급급했던 시절이었죠.

지극히 사랑했던 때를 떠올려 보면 함께 먹고 싶은 것도, 맛보여 주고 싶은 것도 참 많았습니다. 거짓말 조금 보태면 먹지 않아도 배가 불렀고, 무엇을 먹든 다 맛있었습니다. 대체 뭐가 그리 좋았던 건지.

　그러다 이별을 하게 되니 물 한 모금 삼키기가 어렵더군요. 목구멍에 가시가 박힌 듯했던 통증이 지금도 또렷이 기억납니다.

　일에 치이고 사람에 치여 정신없이 보냈던 동안에는 내내 입안이 어찌나 텁텁했던지 모릅니다. 먹고 싶은 것도 없고, 하고 싶은 것도 없어 주말마다 그냥 시간을 흘려보냈습니다. 기껏해야 술이나 한잔 마시고 싶다는 생각 정도. 그러다 결국에는 휑한 마음 안쓰러워져 맵고, 짜고, 달고, 자극적인 음식들만 찾아 먹었죠.

　입맛이라는 게 이리 날마다 변덕스럽습니다.

　뭔가 먹고 싶기는 한데 뭐가 먹고 싶은지 몰랐던 날. 배는 너무 고픈데 아무것도 먹고 싶지 않던 날.
　항상 먹던 단골집 김치찌개가 유독 짜게 느껴졌던 날. 집 앞 편의점 삼각김밥에 컵라면이 세상 맛있었던 날.

좋아하는 떡볶이를 먹어도 기분이 나아지지 않던 날. 평소 꺼려지던 마카롱을 한 입 먹어 보고서는 사람들이 왜 좋아하는지 조금은 이해하게 됐던 날.

위스키 한 잔에 상처가 아물던 날. 오크통의 쓸쓸함만 맴돌던 날.

내일은 또 어떤 변덕이 죽 끓듯 할까요.

변한 것은 나의 입맛인지, 마음인지, 아니면 당신인지.

여기 나의 고백과 삶의 파편을 시로 담았습니다. 이 모든 것은 나의 이야기이자 당신의 이야기, 당신께 건네는 나의 진심 어린 위로.

부디 당신의 하루에 시처럼 따뜻한 입맛이 돋아지기를 바랍니다.

− 위스키 한 잔을 앞에 놓은 채

웅필

1부
달콤한 사랑,
천천히 녹여 먹는다

2부
비릿한 이별,
억지로 씹어 삼킨다

3부
맵싸한 직장,
얼얼해 속이 쓰리다

4부
맹숭한 일상,
싱겁게 마셔 넘긴다

5부
짭짤한 위로,
깊숙이 찍어 건넨다

달큼한

사랑,

천천히

녹여 먹는다

목적지

열두 달이 백 번 걸려도 내가 갈게

지친 다리 천 번 저려도 너를 향해

💧 아무리 멀고 험해도 목적지는 오직 너 하나.

꽃이네

네가 그리 꽃이니

내가 이리 꼬시지

🌢 살랑대는 나의 바람에 살짝쿵 흔들려 주어라.

졸라 좋아

보고 싶다며 졸라 좋고

같이 있자며 졸라 좋네

🌢 자꾸만 조르는 당신이 참 귀엽습니다.

지나치다

당신이 지나치게 아름다워

당신을 지나치기 어렵네요

💧 당신 지나칠 때면 심장이 쾌지나칭칭납니다.

힘든 하루

가까이 앉아 내게 기대는 날이면

기꺼이 안고 그댈 위로해 줄게요

💧 내 품에서는 한참을 울어도 괜찮아요.

시간

당신과 나의 시간

그 사이사이

걸음에 스치었던 풀잎들 꽂아 두고

이름 모를 바람에

서로가 흔들릴 때마다

조용히 꺼내어 보았으면 합니다

🝆 함께 걸어온 시간들이 서로를 붙잡아 주길.

손난로

나는 이제
하나도 춥지 않은데
네 손은 여전히
막 따듯하고 난리네

🌢 난로 같은 너 때문에 난리가 난 내 심장.

아뿔싸

잔뜩 엎질러진 그대여
나의 마음이 그대 모습으로
모조리 젖어 물들었다

🌢 미처 생각지 못했던 그 빛깔이 너무도 곱다.

독해(讀解)

나는 네 마음까지 읽어 내는데

너는 내 표정조차 읽지 못하네

🌢 아무리 생각해도 이번 사랑은 참 독해.

프러포즈

꽃 같은 그대와

꼭 같이 살고파

💧 꼬옥 안아 주고 싶은 그대만이 나의 전부.

냉동보관

사랑도

냉동보관이 가능하다면 좋겠다

설레고 풋풋한 시절에

잔뜩 얼려 놓았다가

우리 사랑 시들어 갈 때 즈음

조금씩 꺼내어

녹여 먹을 수 있다면

얼마나 좋을까

🌢 변질되기 쉬우니 보관에 유의하시기 바랍니다.

당신 생각

감춘다고 감춰지지도 않거니와

멈춘다고 멈춰지지도 않습니다

🌢 늦춘다고 늦춰지는 사랑이 아닌걸요.

꽃계절

당신으로 가득 뒤덮인

나의 계절에는

바람비 눈보라 모두 잠들어

내내 꽃만 피우네

💧 이 계절을 영원히 사랑이라 부르리라.

특기

남보다 잘하는 것이라고는
고작 그대 생각뿐이라

내게 주어진 모든 공백들은
오늘도 그대 이름으로
빼곡히 채워지는 중입니다

🥚 그댈 사랑하는 일만큼은 천부적 재능을 타고남.

난독증

나는 온전히 너를 낭독

너는 여전히 나를 난독

🌢 뭐가 어렵다고 내 맘을 못 읽을까.

물감

당신이 만약 파랑이었다면
나는 하늘도 바다도
칠하지 못했을 게 뻔합니다

아까워 차마 못 쓰고 있거나
좋아서 이미 다 썼을 테니까

🖤 칠하지 않아도 내 세상은 이미 온통 당신 색깔.

그, 늘

그 사람으로 인해

늘 시원했던 여름

💧 그는 늘 나에게 그늘이었습니다.

품질보증

세상 그 어느 곳보다

아늑하고 편안할 거예요

얼른

내 품에 안겨요

🝰 질 좋은 내 품, 보증기간은 눈감는 날까지.

타 오르다

당신이 버스라는데

당연히 올라타야지

◟ 많이 흔들릴 수 있으니 나를 꽉 잡아요.

착한 사람

심지어 당신은

예쁘기까지 하네요

🌢 나도 당신께 그런 사람이면 좋겠어요.

옷깃

옷깃만 스쳐도 전생의 인연이라 하던데

당신은 오늘도 저만치 떨어져서 걷네요

🍂 당신을 만날 때마다 오버핏으로 입는 이유.

귓속말

속썩이지 않겠다는 약속과

속삭이며 고백하는 속마음

🖤 당신께 내 마음 속속들이 알려 주고 싶다.

짝

반짝거리는 내 삶의 반쪽이자

달짝지근한 내 생의 단짝이여

💧 당신은 오늘도 아름답기 짝이 없다.

꼬리

네 눈꼬리가 내려올 때마다
내 입꼬리는 올라가 버렸다

🌢 너와의 대화가 좋아 오늘도 말꼬리를 잡는다.

새벽, 네 시(詩)

다가오는 새벽

나는 네 시(詩)가 되고 싶다

이내 잠에서 깨더라도

끝내 잠들지 못한대도

너는 아무 걱정 하지 마라

내내 곁에 내가 있을 테니

💧 해가 떠오를 때까지 네게서 읊어지고 싶다.

봄 내음

어쩔 줄 모르는 마음

땅만 보며 걷다

훅 치고 들어온 그대 향기에

멋쩍은 듯 괜히 두리번

달빛 꽃나무 아래

느린 나의 발걸음 박자 맞추는

그대만이 오직 봄이다

💧 걷는 내내 가슴이 뛰었던 어느 봄날의 밤.

보랏빛

당신께 반한 눈동자 보라 외치며

당신을 향한 속마음 보라 펼치다

💧 보란 듯이 뽐내는 나의 사랑, 마치 보랏빛.

입술

서로가 한껏 새빨개져서는

혹여 둘 사이에 뭐라도 비집고 들어올까

계속 포개지고 포개졌다

🌢 비밀을 위하여 서로를 굳게 다문 밤.

사랑의 기술

서두르지 마시고

휘두르지 마세요

🌢 넘어지지 않고, 무너지지 않게.

모양

넌 대체

왜 맨날 그 모양이냐

허구한 날

막 예쁜 모양

💧 하루는 꽃 모양, 하루는 별 모양.

커닝

들키지 않게

못 본 척해 줄 테니

내 마음 살짝 훔쳐보고

그대 마음에

그대로

옮겨 적어 주세요

💧 안 보이면 더 가까이 와서 봐도 되는데.

팔베개

오늘 밤도 나의 왼팔은
딱 당신 머리 무게 정도의 중력을
애타게 그립니다

부디 긴 밤 내내
내 옆구리 가까이에 누워
내 꿈만 꾸시기를

🜄 나 없인 당신도 잠 못 들면 좋겠습니다.

적당한 적당함

목욕물의 온도

고깃불의 세기

적당한 정도를

쉽게 찾기 어려운 것들

마치 우리 사랑처럼

🌢 뜨겁다 차갑고, 식었다 타오르기를 반복.

잔 소리

잔 부딪치는 소리가 무르익으니

짠 들이대는 모습도 아름다워라

🌢 하나부터 열까지 다 덜 취한 소리.

동경

가보지 못한 곳을 향하고

가지지 못한 것을 향했다

♦♦ 예를 들면 당신과 함께 떠나는 여행이라든지.

관심

마음 같아서는

지금 당장이라도 달려가서

확 받아 버리고 싶습니다

♦ 이제는 관심 말고 사랑이면 더 좋으련만.

만개

흐드러진 저 꽃들이 그대 모습을 닮아

흐트러진 내 마음도 이내 봄날이 됐네

💧 만 개의 아름다움 활짝 피어난 봄과 당신.

둥둥

꽃잎도

나비도

구름도

예쁜 건

다 날아다니나 봐

마치

나를 생각하는

네 마음처럼

🖤 하루 종일 너 때문에 하늘을 나는 기분이야.

설치기사

그때 설렘이 내 마음에 설치된 후
그대 생각에 늘 밤잠을 설치는 중

🌢 그대 마음에 내 사랑 설치하러 지금 갑니다.

다짐

숨길 것 없는 사랑을 하고

섬길 줄 아는 사람이 될게

🖤 너를 속이는 일도, 고개 숙이는 일도 없을 거야.

뮤즈

싫을 수가 없는 그대 모습에

시를 수도 없이 쓰고 부르네

🖤 그대여 그렇게 그대로 내 곁에 머물러 주오.

휴대폰

매일 눈뜨자마자 잠들기 전까지

나를 만지작거려 준다면 좋겠다

💧 가끔은 침대 위 네 얼굴로 떨어질 수 있을 테니.

매미

그대 곁을 맴맴

정처 없이 맴맴

🌢 난 오늘도 맴맴, 더 크게 울어 댑니다.

꽃집

당신보다
향기로운 꽃이 있었다면
한 송이라도
들고 나왔을 텐데

오늘도 나는 결국
빈손으로
꽃집을 나섰습니다

💧 좋아하는 당신께 듣기 좋으라고 하는 예쁜 말.

야광

한낮의 빛을 잔뜩 머금은 당신은

불이 다 꺼진 밤이 되면

유독 진하게 빛나기 시작합니다

🝆 도깨비불 같은 당신에 정신 못 차리는 밤.

세상

세상에는

예쁘고 아름다운 것들이

참 많네요

예를 들자면

당신, 당신, 그리고 당신

🌢 오늘도 나의 세상은 당신만 가득합니다.

서약

평생을 맘에 담고 사랑하면서

서로를 많이 닮아 가겠습니다

🌢 나의 심장이 닳도록, 너의 미소를 닮도록.

일요일 오후

빨래 마른 것들만 걷고

빨리 나가 손잡고 걷자

💧 특별한 일 없어도 함께 있어 행복한 시간.

파동

적요(寂寥)한 호수도
한참을 멈춰 서 바라보고 있으면
물새의 숨결에조차
쉼 없이 일렁이는 것을 안다

아,
너를 보는 나의 마음이여

🌢 오늘도 네 숨결에 나는 쉼 없이 일렁인다.

2부

비릿한

이별,

억지로

씹어 삼킨다

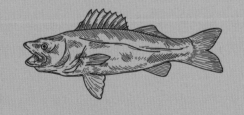

미숙

서로가 다른 줄만 알았지

서로를 다룰 줄은 몰랐다

💧 우린 사랑이란 것에 너무도 미숙했다.

산타

나를 울게 만든 건

그 사람인데

선물은

왜 내가 못 받는다는 건지

모르겠습니다

🌢 울고 싶어 우는 사람이 어디 있을까.

브레이크

잘 나간다 싶다가도

가끔씩 내 맘 힘껏 밟는 당신 때문에

멈춰 설 수밖에 없던 사랑

💧 천천히 나눠 밟기라도 했으면 덜 놀랐겠지.

방어기제

언젠가 다가올

당신과의 이별이 두렵기에

나는 더 이상

당신을 사랑하지 않기로

마음먹었습니다

💧 당신도 분명 언젠가는 내 곁을 떠날 테니까.

절취선

당신과 나 사이
무수하게 찍힌 상처의 흔적들

이어지고 이어지다
끝내 찢어져 버린
우리 둘의 마지막 페이지

🝆 거칠게 찢긴 한쪽 면이 몹시 쓰라리다.

쌍쌍바

정확히 반으로

갈라질 줄 알았겠지만

둘 중 하나는

조금 더 많이

내어 줘야 했다는 것을

당신은

과연 알고 있을까

🍃 서로가 더 천천히 갈라졌더라면 어땠을는지.

필름 카메라

이젠 너 없이도

추억을 남기는 법 알지만

서툴렀던 시절

번지고 흔들린 세상을 보여 준 네가

가끔씩 그리울 때 있어

🌢 순간순간이 더욱 소중했던 시절이었잖아.

감기

되감기도 쓰라린 어제

눈감기도 따가운 오늘

🖤 떠난 당신을 지독히 앓는 중입니다.

사이다

또 뚜껑 열리게 만드니까

톡 쏘는 맛조차 사라지지

🌢 자꾸만 밍밍해지는 너와 나의 사이다.

꼬리뼈

마주 볼 수는 없어도

여전히 내 안에 있다는 것을

나는 알고 있습니다

🌢 한참을 욱신거리는 걸 오늘도 겨우 참았으니까.

끝느낌

첫느낌은 이미 아득했고

흐느낌만 이내 가득찼다

🌢 서로를 느껴 본 지도 오래된 우리였으니까.

시간이 약

짜릿했던 기억들마저

흐릿하게 잊혀져가고

비릿하게 느껴져오네

♦ 잊지 못한다던 당신의 이별도 결국 그렇게.

남남

남이 된 너

남게 된 나

🌢 '님'이라는 글자에 눈물이 점 하나를 찍었다.

사라져도 살아지네

그댄 나를 버리고 사라졌지만

막상 그대 없이도 살아지더라

🌢 죽을 만큼 힘든데 죽을 정도는 아닌가 봐.

청소

더 이상 내 방에서
그 사람의 머리카락이
나오지 않았을 때

나는 결국
그간 참아 왔던 눈물을
터뜨리고 말았다

💧 그 머리색은 당신에게 참 잘 어울렸습니다.

장마

오라는 그댄 아니 오고

구슬픈 비만 잔뜩 오네

💧 그칠 줄 모르는 빗방울에 내 두 눈이 젖는다.

시(詩) 원한 계절

바람이 불어 시(詩) 원했고

사랑이 울어 시(詩) 원했다

💧 당신 없는 나의 계절은 유난히도 시원했다.

더듬이

깊은 밤이면

잠결에 내 몸을 더듬거리던

그대가 잘려 나간 후

모든 감각을 상실해 버린 탓에

오늘도 헤매이다 추락 중

🌢 더듬이를 잃어버린 나비의 슬픈 방황.

뚝

눈물 떨어지는 소리가 그러했고

울음 그치라는 소리도 그러했다

🜄 어찌하여 사랑 부러지는 소리마저 이리 같은지.

치약

마지막으로

한 번만 더 기회를 달라며

온 힘을 다해

그대를 쥐어짜 본다

♦ 끝이란 걸 알면서도 왜 항상 구차해지는지.

맞춤법

당신을 잃어버렸다고 써야 할까

당신을 잊어버렸다고 써야 할까

🌢 두 문장 모두 슬픔이기에 둘 다 틀렸다.

무덤

당신이 관두고 떠나 버린 사실을

간신히 가슴에 묻어 놓고 삽니다

🝆 아직도 지난 이별 앞에선 무덤덤할 수가 없네요.

어금니

네가 몽땅 빠져 버린 후로는

이 질긴 하루하루를

잘게 씹어 내기가 무척이나 힘들다

💧 그 단단하던 것이 빠졌으니 내가 오죽 아플까.

안부

가슴에 묻고 살다가도

가끔은 묻고 싶어져요

🌢 다음에 만날 수 있다면, 마음에 담아 둔 말들을.

면도

따스히 어루만져 주는 면도 있지만

따가운 상처들을 내는 면도 있더라

💧 쓰라릴 때면 그냥 내버려두고 싶다, 지난 사랑처럼.

관통

그대가 내 심장을

무참히 뚫고 지나가 버린 흔적

어쩌면 다행일까

행여 깊숙이 박혔더라면

내내 곪고 문드러져

견디기 벅찬 통증

숨조차 온전치 못했으리라

🌢 뻥 뚫린 구멍이야 살다 보면 언젠가 아물겠지.

단추

다시 한번

지난날보다 더 단단히

꿰매질 수 있다면

기필코

당신의 가슴팍에

아주 오래도록

매달려 있으리라

💧 바늘에 찔리기 위해 나는 스스로 구멍도 내었다.

3부

맵싸한

직장,

얼얼해

속이 쓰리다

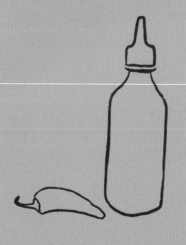

일출몰

아침마다 일하러 출근하니 일출이고

저녁에도 일들이 몰리기에 일몰인가

💧 일 때문에 웃고 우는 가여운 삶, 일희일비.

견인지역(犬人池域)

개 같은 인간이

자주 출몰하는 지역이므로

매우 주의를 요함

💧 나까지 견인(犬人)되지는 말아야 합니다.

스트레스

해소하고 싶어도 해우소는 없고

쌓이기만 하니까 싸이코가 된다

🌢 위로하지 마라, 거진 다 너 때문이니까.

트집

던지는 족족 가슴팍에 꽂히니

딴지는 작작 걸었으면 좋겠어

🌢 나는 생각보다 훨씬 더 여리거든.

직언

직언도 괜찮다 해놓고
직원이 하찮냐 물으니
지금은 귀찮다 피하네

🌢 순간 내가 덫에 걸려들었음을 직감했다.

점심시간

나와 같은 방향

함께 걷는 모든 이들이
적일지도 모른다는
불안에 사로잡혀
자꾸 걸음을 재촉하는 시간

🌢 조금만 늦어도 우린 기다림을 맛보게 될 거야.

흥정

나를 좀 아끼겠다는 욕심에

남을 막 깎아내리진 마시게

💧 사람 사이의 관계는 흥정하는 것이 아니라네.

꼰대

받아들일 줄은 모르고

들이받을 줄만 알더라

🖤 사람들 튕겨 나가는 이유를 당신만 모르네.

걱정

평상시에는 아파도 걱정 한 번을 않더니

연차휴가만 올리면 무슨 일 있냐 묻네요

💧 아무 일도 없고, 그냥 출근하기 싫은 날입니다.

회의

머저리가 문제란 것을

뼈저리게 느끼는 시간

🖤 회의를 위한 회의주의자들의 회의.

거품

기품이 넘치길 바랐건만

거품만 가득한 당신이여

🌢 당신께 주어진 품위를 잃지 마소서.

그릇

그릇된 생각들만 하니

그릇이 코딱지만 하지

.

♦💧 당신을 담은 그릇은 깨질 줄도 모르네.

게

암만 봐도 엄살만 가득 게으른 너보단

옆만 봐도 앞으로 가는 게들이 낫겠다

🌢 곧게 나아갈 줄도, 곱게 대답할 줄도 모르는 너.

막무가내

논리가 빈약할 때마다

난리를 피우며 떼쓰네

🌢 목소리 크면 다 이기는 줄 아는 얼간이.

퇴사유발자

툭하면 주말에 톡하니 미치고

욱하면 막말에 욕하니 빡치지

💧 본인성명란에 내 이름, 퇴사사유란에 네 이름.

직장살이

억지로 참는 일들 때문에

억수로 힘든 날이 가득해

🌢 억척스레 버틴다고 억만금 버는 것도 아닌데.

4부

맹숭한

　　　일상,

　　　　　싱겁게

　　　마셔 넘긴다

컵라면

눈은 붓기 싫다 하면서

물을 붓고 앉아 계시네

💧 부엉이도 아닌데 얼굴이 맨날 부엉부엉.

미식가(美食家)

속이 자꾸 미식(美食)거려서

더는 못 먹지 못하겠더라

💧 맛있는 걸 먹으며 축구경기를 보는 게 미식축구.

술자리

친한 사람과는 취하기 쉬웠어도

취한 사람과는 친하기 어렵더라

💧 술보다 사람에 먼저 취하는 자리가 되기를.

내 집 마련

세월 흘러 봤자 월세

세전 따져 봤자 전세

🩸 쿠폰할인에 1+1으로 집 사고 싶다.

폭립기념일

이날 하루만큼은

폭립 쟁취의 기쁨을 만끽하기 위한

우리 만족적 기념일

거대한폭립만세

🌢 끝까지 물고 뜯어 이겨 낸 그날의 기록.

돼지

하고 싶은 건 다 해봐도 되지만

먹고 싶은 걸 다 먹으면 돼지다

🖋 돼지도 배가 부르면 그만 먹는다던데.

가면

그대가 벗이라면

이대로 벗겠어요

🌢 표정도 마음도 솔직한 게 친구니까.

기적

얼마나

늦잠을 자려고 하는지

아직도

일어날 생각을 않네요

🌢 지금 일어나 마주할 수 있다면 참 좋을 텐데.

오토바이

찻길만을
찻길바라

🜂 그것들을 차도로 인도해 주소서.

여름 꽃망울

봉긋한 모양에 향긋한 꽃내음 아름답고

느긋한 햇살에 싱긋한 이파리 여름답네

.

.

🌢 지그시 바라보고 있자니 모든 게 마음에 든다.

제철

포항, 제철의 과메기

광양, 제철의 청매실

♦♦ 온 세상을 맛있게 볼 수 있는 능력의 소유자.

보통날

여느 때와 다름없던

어느 날의 아름다움

💧 어쩌면 특별하지 않아 더 아름다운 건지도 몰라.

산책

나를 찾기 위해 산 책

네게 묻기 위해 산 책

🌢 오늘도 한 장씩 넘기며 존재 사이를 산책 중.

일요일 밤

어제는 자기가 좋았는데

오늘은 자기가 싫어졌어

💧 이 밤의 끝을 어떻게든 잡고 싶다.

연애세포

살살 녹아 본 지가 언젠지

슬슬 녹이 슬 것만 같네요

💧 솔솔 불어오는 봄바람에 내 인연도 실려 왔으면.

잔칫상

거기, 고기

저기, 조기

💧 이 밥상 모든 음식 부디 구워 살피소서.

낮술

달 밝을 때도 좋지만

날 밝을 때도 좋더라

🌢 날 밝히는 너와 함께라면 무척이나 더.

겸손

겸상을 하고 싶거든

겸손을 배워 오세요

🌢 제 식탁에 잘난 척하시는 분 자리는 없습니다.

체지방자치제도

이래라 저래라 하지 않아도

지방은 알아서 잘만 크네요

♦ 내 몸 각 지방마다 날로 풍족해져 가는 중.

애주가의 변명

독주(毒酒) 한 잔에

독주(獨走)하고픈 이기심을 넘기고

안주(按酒) 한 입에

안주(安住)하고픈 나태함을 삼킨다

🌢 내가 괜히 취하는 게 아니라니까 그러시네.

5부

짭짤한

위로,

깊숙이

찍어 건넨다

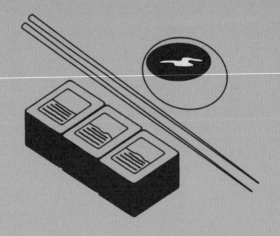

조금 변한 입맛

밥도 삶도

남에게 맞추며 살다 보니

어느새 조금 변해 버린

서글프고 처량한

오늘 나의 입맛이여

🍂 싱겁고 밍밍한 것은 음식인가, 마음인가.

시작

모음이 붙어야 자음에 의미가 있듯이

처음이 있어야 다음도 의미가 있단다

💧 괜찮아, 처음엔 다들 그렇게 시작하는 거야.

질식

줄곧 방치된 나의 마음은

오늘 하루도 숱한 면식범들에 의해

호흡을 강탈당한 채

숨통이 막히고 검게 시들었다

🌢 숨 막히는 날을 보낸 자의 애처로운 독백.

하루살이

아파트 하나를 갖기 위해서 발버둥치며
아파도 하루를 쉬지 못하는 날갯짓이여

💧 하루하루 벅찬 하루살이, 겨우겨우 넘는 겨우살이.

쉰과 함께

숨을 쉬기도 벅찬 스물

설움 삼키기 바쁜 서른

마음 먹기가 힘든 마흔

🝆 쉰다는 것이 쉰에는 조금 쉬웠음 해요.

담쟁이

당장 너무도 높아 보이겠지만

담장 너머도 너의 세상이란다

🝆 높은 담장조차도 널 막을 수는 없단다.

어른

젊어질 수는 없으면서
짊어질 것만 늘어나네

💧 이렇게 된 사이, 그렇게 된 나이.

가장

청춘 따윈 시들고
자식 놈은 대들고
돈은 벌기 힘들다

🌢 가장 힘들고, 가장 외롭겠지.

불안

아무것도 하기 싫다란 생각에 누웠다가

아무것도 하지 않으니 불안해 일어났다

💧 우린 어쩌다 쉬는 것조차 불안해진 걸까.

해녀

섬 바닥 찾아가며 식구들 끼니 건졌고

숨 바짝 참아가며 고달픈 인생 견뎠다

💧 물에서도 뭍에서도 얼마나 숨이 차오르던지.

삼계탕

비싼 전복에 깔리고
귀한 인삼에 찔려도
제 이름 석 자 오롯하게 지킨
뚝배기 속 삼계탕

무덥고 지친 고난의 연속선상
뜨거울수록 진해지는
너처럼 살아 나가기로 했다

💧 들끓는 역경에도 내 모습 잃지 말아야지.

정답

문제 틀렸다고

삶이 뒤틀리는 것도 아니고

시험 망쳤다고

꿈이 도망치는 것도 아니야

💧 오직 네 꿈만이 네 인생의 정답이기에.

잔소리

바쁜 날이라도

밥은 제때 챙겨 먹고

야근 하더라도

약은 꼬박 챙겨 먹어

🩸 오늘도 수화기 너머엔 다 큰 자식 걱정만 잔뜩.

자취(自炊)

쉬지도 못하고 급급히 사는 매일에

쉬어서 버리는 반찬만 자꾸 생기네

💧 반찬통을 닦느라 흐르는 눈물은 닦을 수가 없었다.

패기

오르지 못할 나무가 어디 있고
이루지 못할 바람이 어디 있나

💧 뿌리 깊은 나무도 간절한 바람엔 흔들리기 마련.

겁나

겁나게

겁나네

♦ 삶도, 사람도, 사랑도 겁나게 무섭구마잉.

실패

돈 꿀 사람도 없었고

꿈 꿀 사랑도 없었다

🌢 실패를 마주하게 된 나는 그때 그랬었다.

결혼

대충 하고 싶었어도

대출 없인 힘들더라

💧 축복만으로는 부족한 것이 현실.

개고생

다리가 푸들푸들 떨리고

머리는 비글비글 돕니다

💧 시바, 이리 힘든데 퍼그나 즐겁겠다.

세월

보소 엄니

딴 집은 머 묵을 거 있으믄
즈그 새끼들 먼저 줄라고 난린디

엄니는 뭐시 그리 고파서
망할 놈의 세월을 혼자 다 자셨소

인자는 나가 다 먹을라니께
지발 그만 잡수고 나 좀 주소

나가 엄니 꺼까지
몽땅 다 먹어 블랑께

💧 엄니 머리 우에 빛바랜 세월이 오늘따라 징허게 허옇소.

창밖

굵어진 빗방울 뭐가 대수라고
붉어진 눈시울 자꾸 주책이다

💧 요즘 나의 세상에는 눈물 아닌 것이 없네.

배웅

"추울 텐데 나오지 마라."
"힘들 테니 혼자서 가마."

당신 온 길이 여태 더했으면서
다 큰 자식놈 고작 몇 걸음 나서는 게
뭐 그리 미안하고
뭐 그리 걱정일까

◆ 혼자 가시던 뒷모습에 잠이 오지 않던 밤.

자장가

잘 자라서 고맙다 속삭이며

잘 자라고 토닥여 주시기를

🌢 어린 시절 들리오던 자장가가 유독 그리운 요즘.

밥상

아침이 오면 남편 밥상에 고등어 굽느라

저녁이 되면 자식 밥상에 삼겹살 굽느라

고생만 잔뜩 부른 엄마는 허리가 굽었다

💧 굽이굽이 휘어진 인생길을 어찌 버티셨을까.

공황

숨을 쉬는 것도 힘들어

숨을 곳만 찾던 시간들

💧 그러던 중 당신이 내 앞에 나타나 주었습니다.

막차

놓치지 않겠다고
가슴 졸이며 뛰는 내 모습이
가끔은 몹시 처량하다

🖋 늦은 시간, 택시라도 잘 잡히면 덜 슬플 텐데.

엄지손가락

제일로 짧고 굵은 모습

못나 보일 법해도

당당히 홀로 일어서는 널

우린 최고라 부른다

🜲 네 모습 하나부터 열까지 모두 다 엄지 척.

밑천

밑천이 바닥나 버렸다고

미천한 사람은 아니라네

🌢 힘내시게, 돈이야 다시 벌면 되지 않는가.

소설

현실에도 있을 법한 이야기는 고작 소설이고

소설에나 있을 법한 이야기가 정작 현실이네

🌢 소설보다 더 허구 같은 장면과 반전의 연속.

반지하

비가 새는 단칸방에 장마가 오면
밤을 새고 울먹이다 학교에 갔네

💧 빗물 퍼내시던 엄마의 눈물이 내겐 폭우였지.

꿈틀꿈틀

비에 젖어 비틀대던 날들 견디고
꿈에 젖어 꿈틀대는 나를 찾았다

💧 너를 흠뻑 적실 꿈들을 포기하지 않길 바라.

부정(父情)

목마름 타는 갈증에 삭신이 뒤틀려도

목마를 태운 걸음은 멈추지 못한다오

🌢 결코 부정(否定)할 수 없는 부정(父情).

부담

기대를 짊어지는 만큼

기대고 싶어지는 마음

💧 기대에 못 미칠까 봐 불안해 미쳤던 날들.

곰팡이

녹녹한 곳에 피어나 꽃은 되지 못하고

막막한 날에 번지어 독이 되고 말았네

💧 볕이 들지 못했던 지난날의 아픈 기억.

절망

기쁨은 내면에 전무(全無)했고

슬픔이 주변에 난무(亂舞)했다

💧 한 걸음 안에 갇혀 잔뜩 웅크리고 있던 기억.

생활비

떨어져 본 사람만이

밑바닥이 주는

충격의 크기를 알 수 있다

🌢 추락하는 속도가 빨랐던 만큼 충격도 컸던 시간.

억울

강한데 약한 줄 아는 것도 참 억울하지만

약한데 강한 줄 아는 것이 더 억울하더라

🌢 나도 기대어 울고 싶을 때가 얼마나 많은데.

연체동물(延滯動物)

밥값을 겨우 빌리긴 했지만

방값은 결국 밀리게 생겼다

💧 가난 속 유연하지 못했던 슬픈 동물의 동화.

야생화(夜生花)

한밤중 피어 있는 꽃

이토록 아름다운 줄 모르고

여태껏 어리석게

별만 찾아 헤매었네

🌢 어두울수록 더욱더 밑을 보며 걸어야 하는구나.

희망

빚지며 살아도 값진 인생이고

밑지며 살아도 멋진 인생이야

💧 별것도 아닌 일들 때문에 희망을 잃지 마.

악플

날을 무섭게 곤두세웠던 그들은
나를 무작정 몰아세우기 바빴다

💧 악플 쓰는 사람들로 아플 사람들의 이야기.

라면을 끓이다가

물 조절 하나 제대로 못해
툭하면 짜거나 싱겁기가 일쑤
가끔은 너무 오래 끓여
퍼질 대로 퍼져 버리는 면발

이러나저러나
내 삶을 참 많이 닮았다

🌢 삶도 라면도 남의 것이 더 맛있어 보이네.

밤 인사

지쳐 잠든 밤이 지나가면

다쳐 멍든 맘도 아물기를

🖤 당신의 밤에 포근하고 따듯이 안녕.